IM TROLLTAL

© 1998 Aune Forlag AS
Illustrationen: Rolf Lidberg
Originaltext: Robert Alsterblad
Übersetzung: Berlitz AS
Design: Aune Forlag AS / Jon Jonsson
Herausgeber: Aune Forlag AS
Druck: Tangen Grafiske Senter AS

Aune Forlag AS, Trondheim.
Art.Nr. 2599 Deutsch
ISBN: 82-90633-59-9

DAS TROLLTAL

Rolf Lidberg

Komm mit, und begleite uns ein Jahr lang durch das wunderbare, bunte Leben der Trolle. Schau ihnen beim Eisfischen und an warmen Sommerabenden zu. Lerne das kleine Trollmädchen Syren kennen, das mit dem alten Troll schimpft, weil er Elche schießen will. Und lerne auch die anderen kennen, die im Trolltal wohnen.

Weihnachten ist vorüber und das neue Jahr reibt sich noch den Schlaf aus den Augen. In einer kalten, sternklaren Januarnacht, die Luft ist klar und frisch, liegt der Nissevater draußen und schaut zusammen mit seinem kleinsten Nisssekind in den Sternhimmel. Nissen sind die Wichtel im Norden.

Der Nissevater schaut verträumt vor sich hin, "Ich frage mich, wie ee wohl den Trollen oben im Trolltal geht?" sagt er. "Was meinst du, sollen wir uns hinwünschen und nachsehen?" "Können wir das denn?" fragt das Nissekind. "Aber ja doch, Nissen können sowas!" sagt der Nissevater ein bißchen stolz.

Glücklich im Trolltal angekommen, werden sie von finsteren und heiteren Mienen begrüßt. Zwei Trolle sitzen beim Eisfischen. "Fängst du nichts?" fragt der eine Troll den anderen, der Sure heißt und nur dasitzt und schmollt. Sure bedeutet übrigens Sauertopf. "Die Fische muß irgendein Trollzauber verhext haben," denkt Sure. "Unsere Löcher sind ja kaum einen Meter auseinander, und trotzdem wollen die Fische nur in dem einen Loch anbeißen."

Je mehr Fische der eine Troll fängt, desto besser wird seine Laune, während Sure immer mißmutiger und mißmutiger wird.
"Ein Glück, daß dieser Blödmann bald abhaut", denkt Sure, sagt es aber nicht laut. Er weiß, daß der andere die Natur liebt und sich immer zu Beginn des Frühjahrs aufmacht, um als erster die Frühlingsblumen willkommen zu heißen.

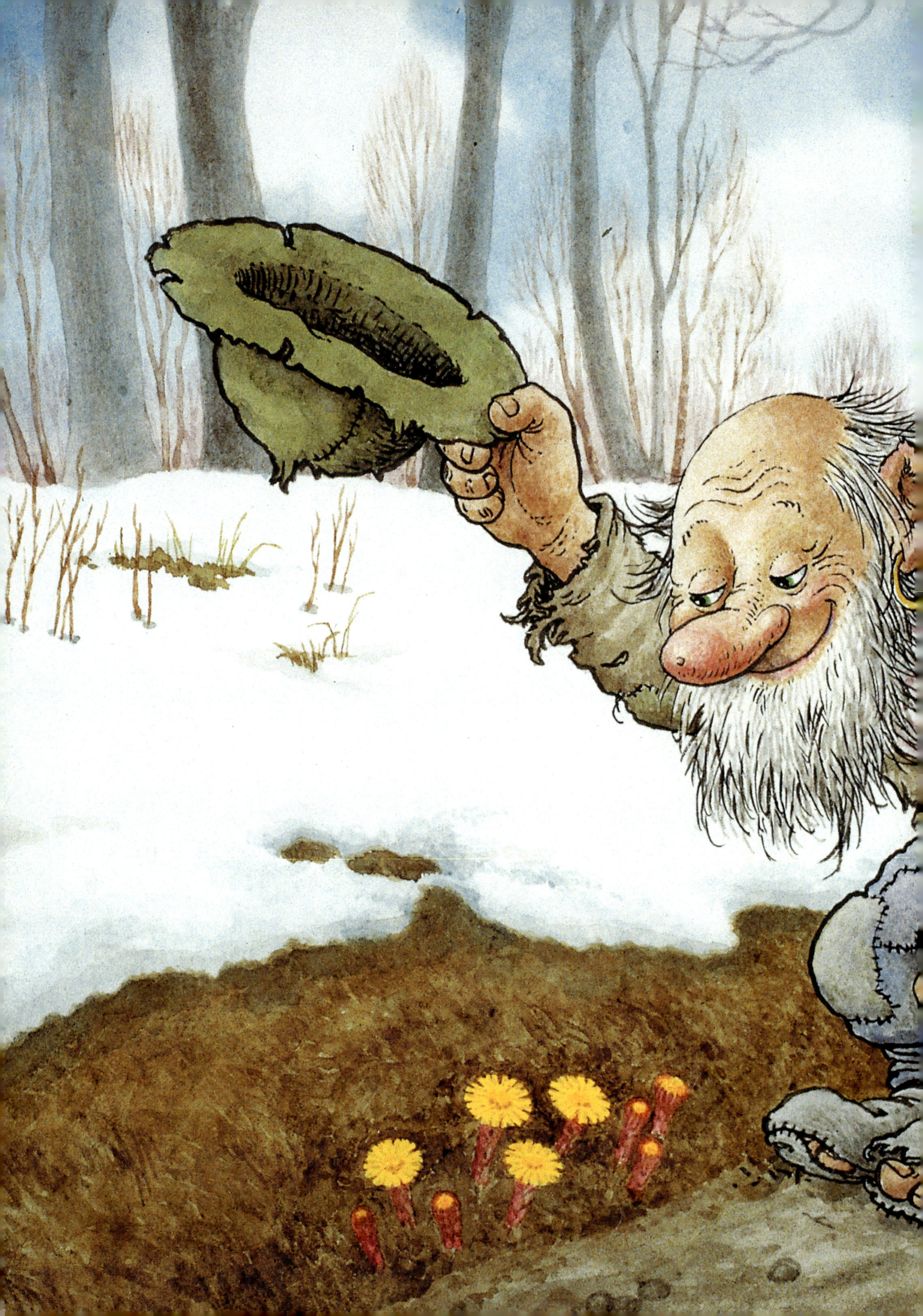

Und tatsächlich hat er mit den Blumen genausoviel Glück wie beim Fischen. Am Wegesrand blüht schon der Huflattich, obwohl doch erst März ist. Der Troll beeilt sich seinen Hut zu ziehen und begrüßt die Blumen und den Frühling. Auf diesen Frühjahrstouren besucht er außerdem immer einen anderen Troll, der ein Stückchen weiter oben im Trolltal wohnt. Irgendwie ist dieser Troll anders als die anderen Trolle, und darüber ist er ziemlich traurig. Ob er wohl etwas fröhlicher wird, wenn er Besuch bekommt?

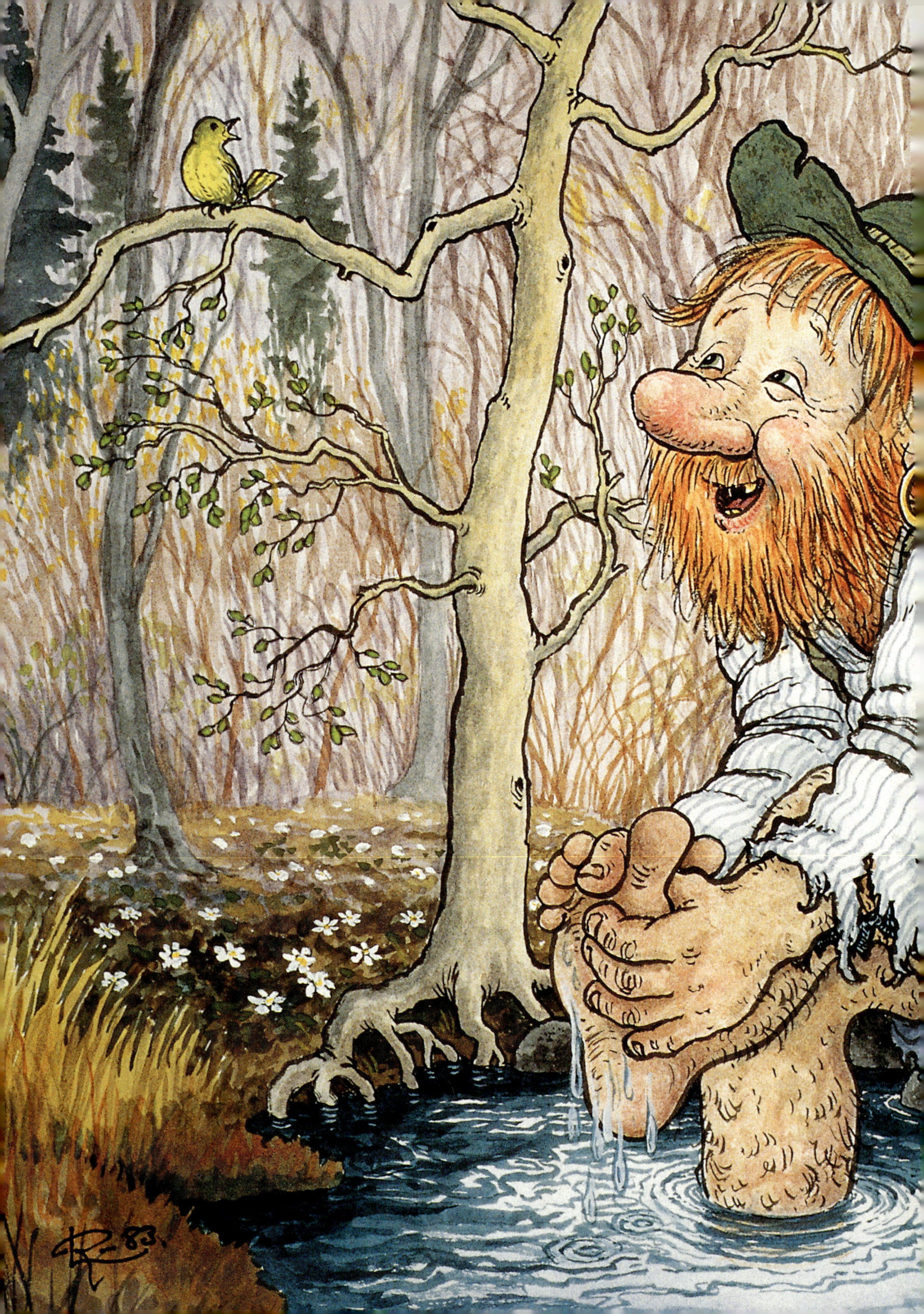

Weit oben im Trolltal sitzt er allein auf einem Stein mitten im Bach. Da sitzt er nun schon seit mehreren Tagen, hält die Füße in das kalte Frühjahrswasser und sperrt die Ohren weit auf, um den Vögeln zuzuhören. Die Vögel sind seine besten Freunde, er kann sich sogar mit ihnen unterhalten.

Er ist ganz scheu und schüchtern und möchte am liebsten gar nicht mit den anderen Trollen zusammentreffen. Es ist nämlich so, daß sein einer großer Zeh an der falschen Seite am Fuß sitzt. Wenn er Besuch bekommt, hält er immer beide Füße ins Wasser, um seinen Zeh zu verstecken. "Es ist doch wohl egal, wo der große Zeh sitzt", versucht ihn der andere Troll zu trösten. Ein kleiner Vogel zwitschert ihnen zu, daß der alte Trollgroßvater bachaufwärts spielt.

Der Trollgroßvater hat ein Boot aus Rinde geschnitzt, und nun will er so gern damit spielen. Er und der Trolljunge Myra - das bedeutet übrigens Ameise - sitzen jeder auf einer Seite des Baches und blasen in das Segel, so daß das Boot quer über den Bach hin und her fährt. Jedesmal legen sie eine neue Pflanze in das Boot, und dann raten sie, wie die Pflanze heißt. Das können sie stundenlang machen, und sie haben einen Riesenspaß dabei.

Als es zu dämmern beginnt, und sie die Pflanzen kaum noch sehen können, sagt Myra zu seinem Großvater: "Wir können uns zum Trollsee schleichen und aufpassen, daß meine Schwester nicht den Jungen vom Trollberg küßt. Die beiden wollen eine Bootsfahrt machen, und da weiß man nie."

Zwischen den Bäumen hindurch schleichen sie sich an, und hier liegt wirklich eine romantische Stimmung in der Luft, jedenfalls soweit es Myras Schwester betrifft. Sie gibt dem Jungen einen ordentlichen Schmatz. Die ganze, lange, warme Sommernacht hindurch sitzen die beiden im Boot, ohne zu ahnen, daß ihnen jemand zusieht. Sie sitzen eng umschlungen im Boot, aber der Junge ist doch mehr daran interessiert einen Barsch an den Haken zu bekommen. "Der Trolljunge vom Trollberg scheint ja ein ganz netter Kerl zu sein", flüstert Myra, "aber meine Schwester legt sich doch ziemlich ins Zeug." Der Trollgroßvater und Myra schlummern noch ein paar Stündchen, bis sie plötzlich vom lauten Schall des Horns der Sennerin geweckt werden.

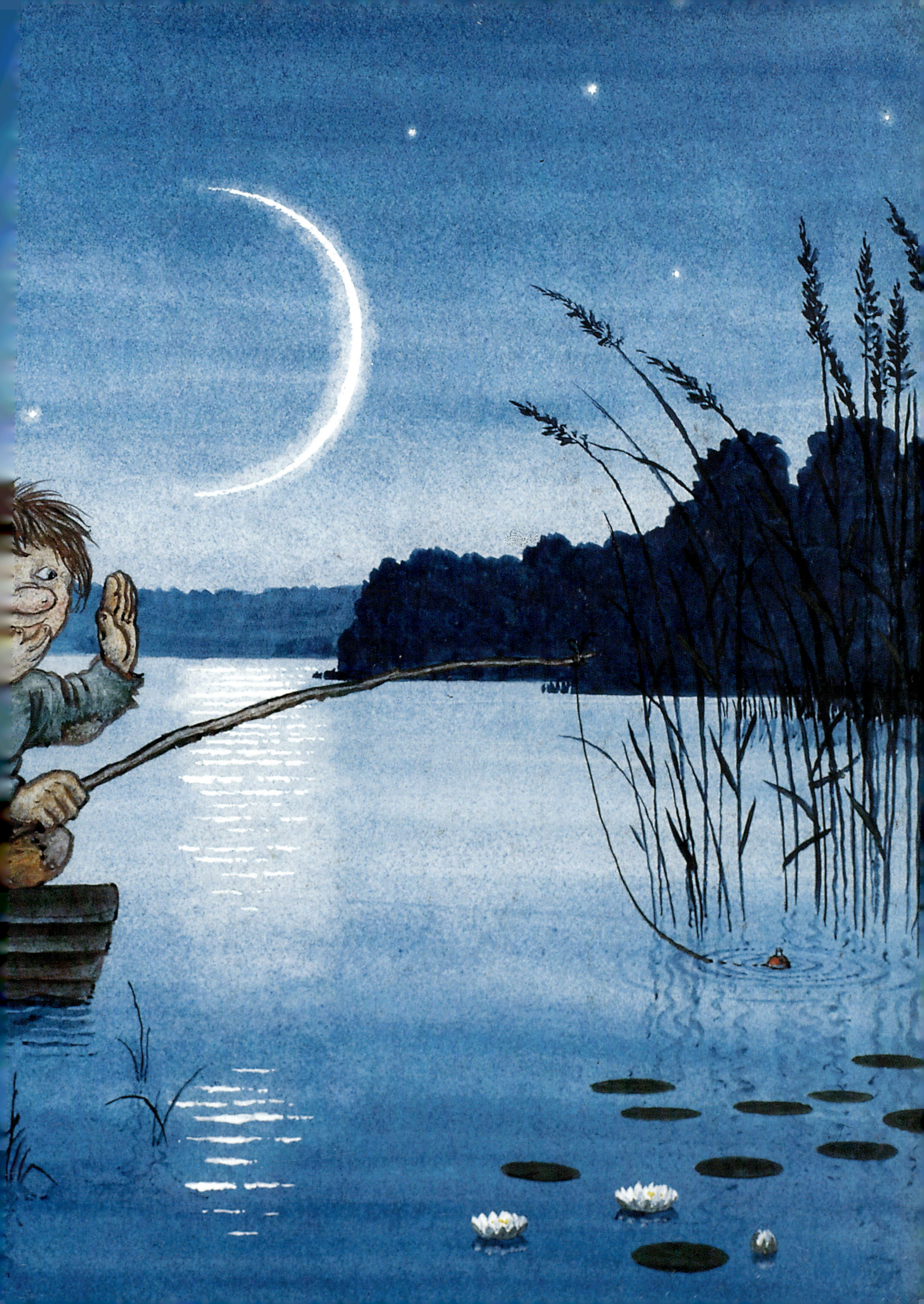

Das Horn erklingt über dem ganzen Trolltal, und nun strömen viele Trolle zur Alm. Dort wird gemolken, gebacken und gebuttert. Ja, alle haben viel zu tun, jeder hat eine Aufgabe. Vor dem Winter müssen die Vorräte aufgefüllt werden. Ein paar fahrende Musikanten kommen dann immer und machen Musik. Dafür bekommen sie Essen und ein Dach über dem Kopf. Dort sehen wir auch die prächtige Kuh Rosa. Jedesmal, wenn sie gemolken wird, blickt sie über das Trolltal, eine Margerite im Mundwinkel, und summt leise vor sich hin. Was sie summt, das wissen wir nicht so genau, denn sie singt natürlich in Kuhsprache.

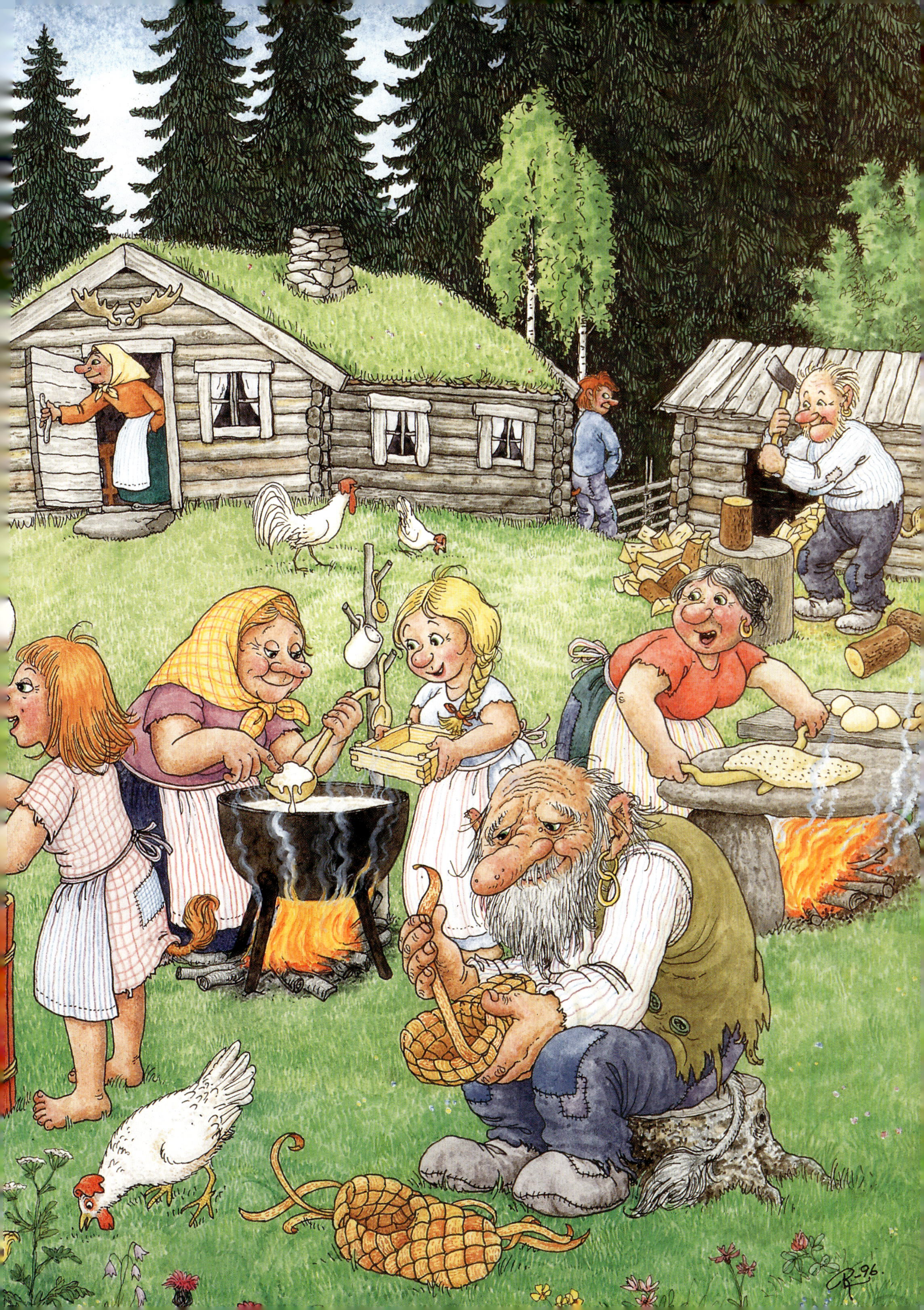

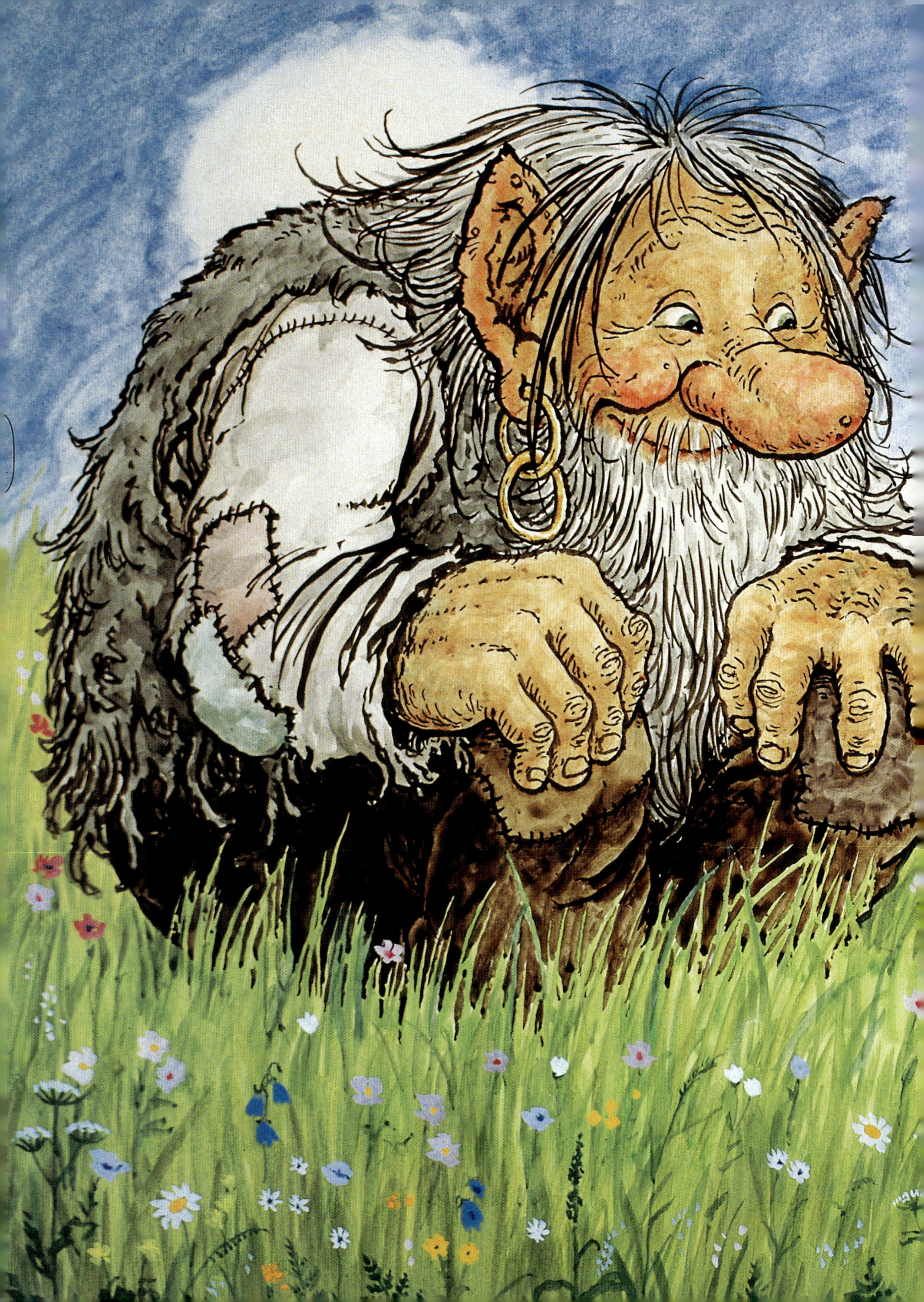

Jetzt ist es wirklich Sommer geworden. Der Trollvater sitzt mit dem kleinen Trollmädchen Syren auf der Blumenwiese. Er erklärt den Kindern gern alles, was er über die Blumen auf der Wiese weiß. Syren, das bedeutet übrigens Sauerampfer, zeigt ihm den schönen Strauß, den sie gepflückt hat. Danach versucht sie, jede einzelne Pflanze beim Namen zu nennen. "Das machst du aber gut!" lobt sie der Trollvater und sieht sie liebevoll an, bevor er sich zu einem wohlverdienten Schläfchen ins Gras streckt. Nach all der Arbeit auf der Alm ist er ganz schön erschöpft. "Jetzt machen wir besser, daß wir nach Hause kommen!" sagt er, als er schließlich wieder aufwacht. "Morgen ist doch der große, alljährliche Elchritt. Und den wollen wir auf keinen Fall verpassen!"

Ja, endlich ist der große Tag herangekommen, an dem der größte Elch des Trolltals alle Trollkinder zu einem Ritt auf seinem Rücken einlädt. Die Trollmutter hat etwas zu essen und zu trinken eingepackt, und die Trollkinder streiten sich darum, wer zuerst auf den Elch klettern darf. Der Elch amüsiert sich großartig, und der Trollvater muß ihn am Bart festhalten, damit er nicht allzu schnell lostrabt.

Der beste Sitzplatz ist vorn in einer Elchschaufel, und den bekommt immer, wer die meisten Blumennamen kennt. Syren hat ganz offensichtlich gut aufgepaßt gestern auf der Blumenwiese. Aber niemand kann sich so recht erklären, warum auch Myra dort sitzt, der sich doch nur für's Angeln interessiert.

Der Sommer ist vorbei, und nun ist es Zeit, Beeren und Pilze zu sammeln. Der Trollvater veranstaltet immer einen Wettbewerb, wer die meisten Pilze in der kürzesten Zeit finden kann. Die Trollmutter hat ihren Korb fast voll, als der Trollvater plötzlich lauthals schreit: "Mein Korb ist voll! Ich habe gewonnen, ich habe gewonnen!" Aber die anderen glauben ihm nicht so recht; sie wissen, der Trollvater ist ein Meister im Schummeln. "Sieh mal dort", sagt der Trolljunge und zeigt auf einen ordentlich großen Pfifferling. Der Vater dreht sich schnell um, und in der Eile gleitet ihm fast der Korb vom Arm. "Dein Korb scheint aber recht leicht zu sein", sagen die anderen mißtrauisch. Und da sehen sie, daß der Trollvater eine dickes Moospolster unten in seinen Korb gestopft hat. Auf dem Moos liegt nur eine dünne Schicht Pilze. So ein Schlawiner! Der kleinste Trolljunge steht auf der höchsten Felskuppe. Er hat unten im Tal etwas gesehen. Auf einmal hören sie einen Knall, der lange zwischen den Bergen widerhallt.

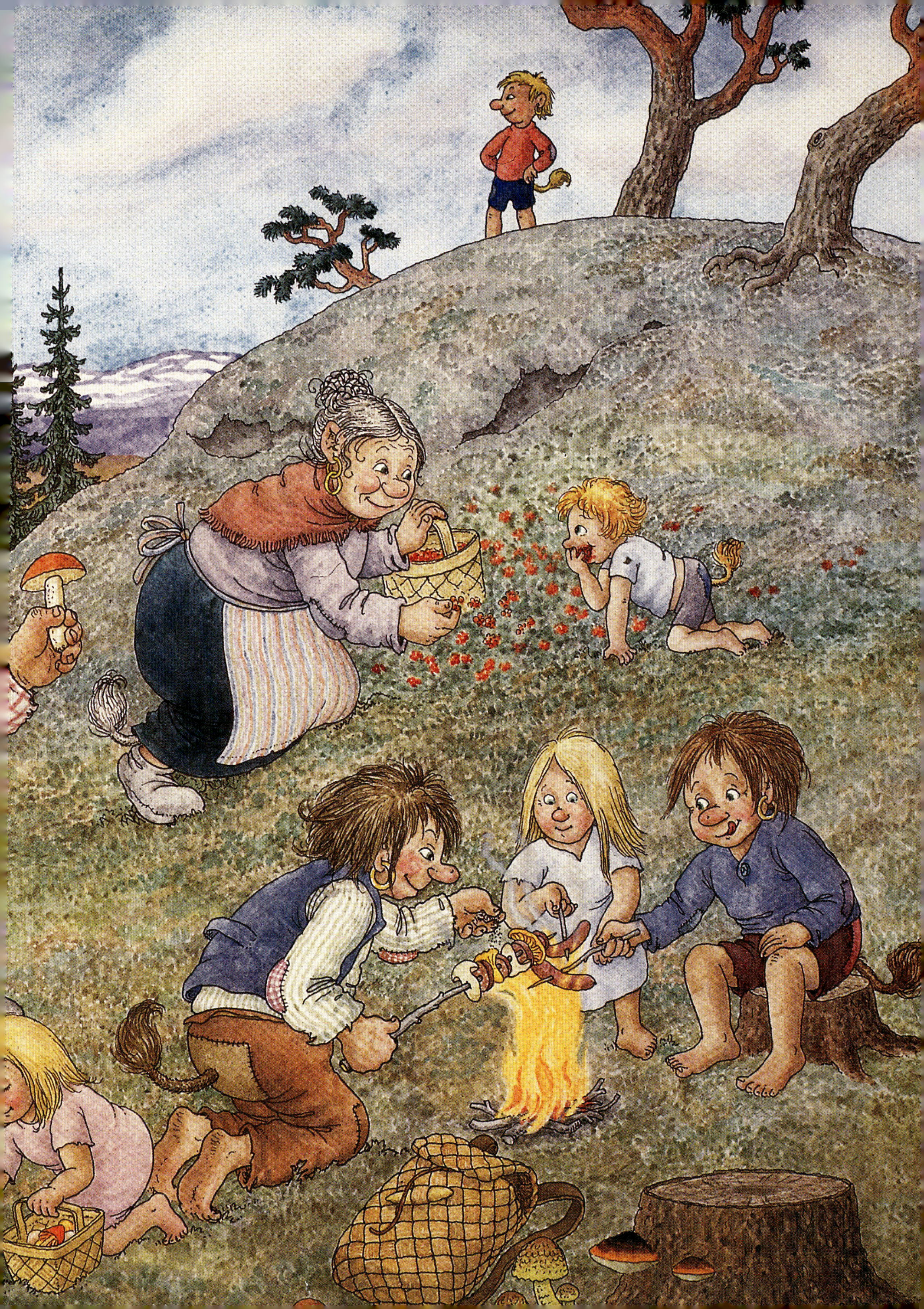

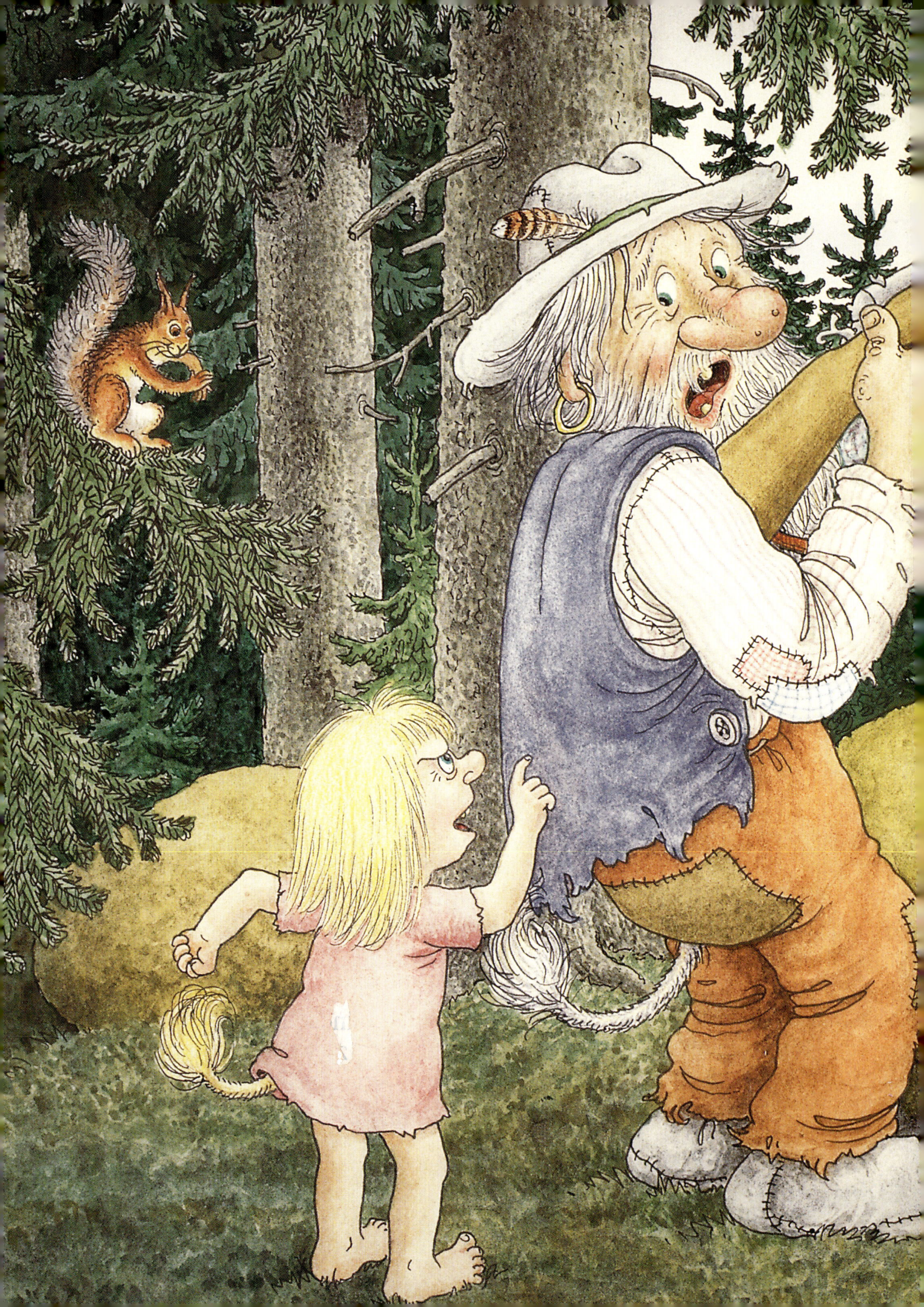

Ist das nicht der Troll Sure, der im Winter keinen Fisch fangen konnte? Jetzt hat er sich in den Wald aufgemacht, um stattdessen sein Glück mit der Jagd zu versuchen. "Untersteh dich, unsere Elche zu schießen! Die sind unsere allerbesten Freunde." schimpft das Trollmädchen Syren. Sie ist schnell ins Tal hinuntergerannt. "Nein", stammelt Sure," ich wollte ja gar keine Elche schießen. Ich schieße nur, um sie vor den anderen Jägern zu warnen." "Pah, wer soll das denn glauben!" sagt Syren und setzt Sure weiter zu. Am Ende schämt er sich und gibt reumütig sein Ehrenwort, nie wieder auf einen Elch zu schießen. Später an diesem Tag hat Syren eine glänzende Idee, von der sie dem Trollvater erzählt. Er verspricht, alles genauso zu machen, wie sie gesagt hat, wenn vor Weihnachten Nissekinder an seine Tür klopfen.

Der erste Schnee kommt früh; die Vorratskammern sind für den Winter aufgefüllt. Sure ist nach Hause zurückgekehrt, und Syren ist fest überzeugt, er hat das Versprechen, daß er ihr im Herbst gegeben hatte, schon wieder vergessen. Im Trolltal gehen zwei Nissekinder herum und verkaufen wie jedes Jahr vor Weihnachten Hefte. "Ich kaufe Pumuckel für meinen Troll, weil er ihm so ähnlich sieht", lacht die Trollmutter. "Kauf Pippi Langstrumpf! Kauf Jim Knopf!" quengeln die Trollkinder. "Wie kindisch", sagt der älteste Trolljunge, "ich möchte Asterix." "Die gibt es doch alle noch gar nicht. Warum kaufst du nicht lieber das neue Trollbuch und den Trollkalender, der jedes Jahr herauskommt?" fragt das jüngste Trollkind. "Das ist eine gute Idee, das mache ich", sagt der Trollvater. Er sammelt nämlich die Trollbücher, weil er so gern über sich und seine ganzen Verwandten liest. "Wir kaufen 'Der Elch ist der beste Freund der Trolle', sagt das Trollmädchen. "Das schicken wir dem alten Sure vor Weihnachten, dann denkt er vielleicht an sein Versprechen."

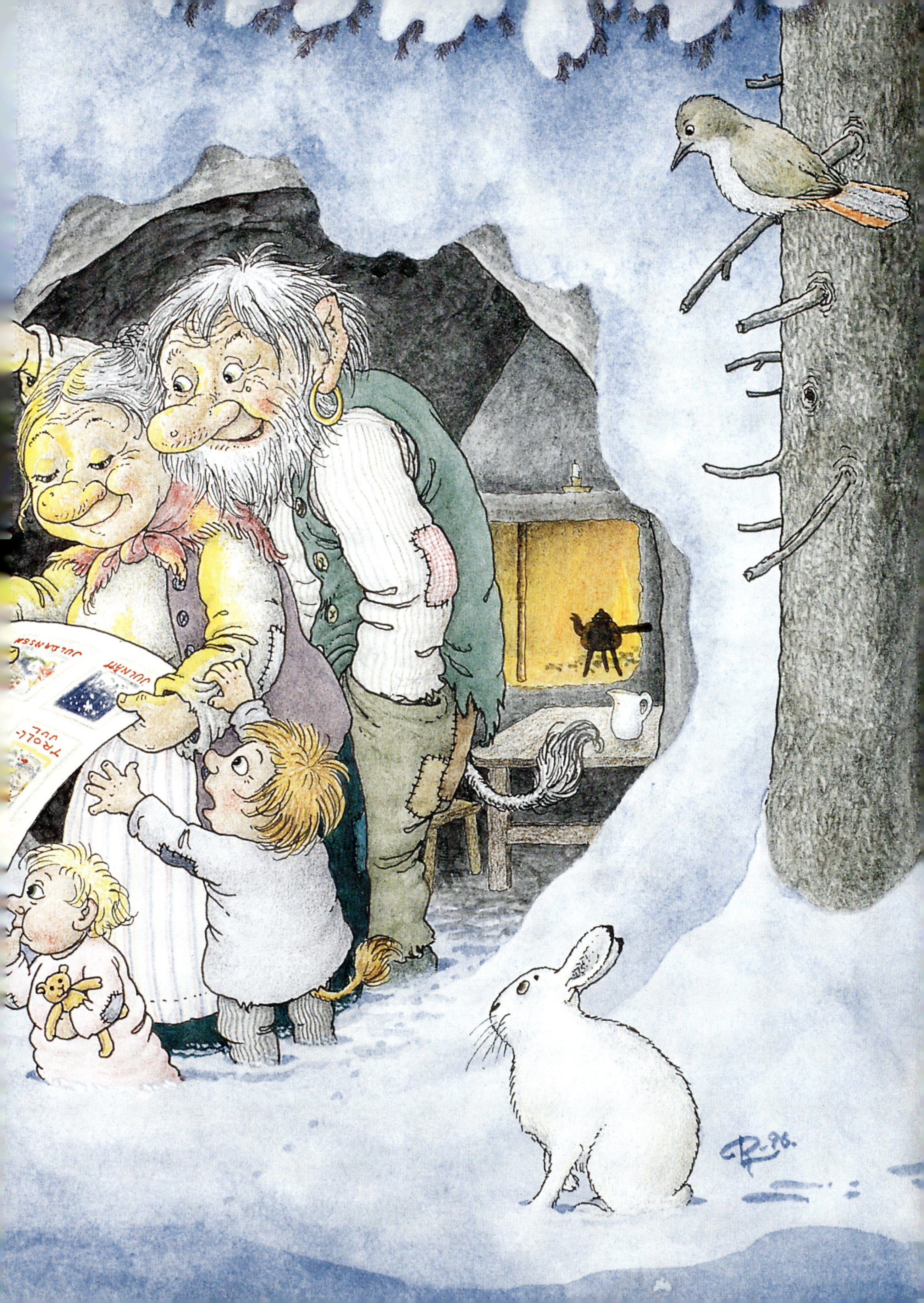
JULNATT
TROLL-
JUL

Im November ist das Eis schon ganz dick und trägt gut. Der Trollvater nimmt zwei seiner Kinder mit zum Eisfischen. Wie üblich beißen die Fische nur in dem einen Loch an, und diesmal merkt der Trollvater, wie es ist, keine Fische zu fangen. Jetzt versteht er, wie sich Sure im vergangenen Frühjahr gefühlt hat.

Die Trolljungen tuscheln miteinander und verabreden, der Trollmutter zu erzählen, der Trollvater hätte die meisten Fische gefangen. "Dann freut er sich sicher", denken sie. "Es ist bestimmt gut, vor Weihnachten besonders lieb zu sein", meinen die Jungs.

Endlig wird es Heilig Abend; die Kinder platzen fast vor Spannung und Vorfreude. "Das Wichtigste ist nicht, möglichst viele Geschenke zu bekommen", sagt der Trollvater, "sondern ein bißchen von uns selbst zu geben, damit alle froh werden." Die Nissen bringen für jeden ein Geschenk, und alle bedanken sich artig. Der Trollvater möchte selbst kein Geschenk haben. Er bittet die Nissen, es stattdessen dem alten Sure zu geben. Und so wird vielleicht sogar Sure froh. "Ich habe ja schon das allerschönste Weihnachtsgeschenk bekommen, das man sich nur wünschen kann: Liebe Trollkinder und eine wunderbare Frau", sagt der Trollvater stolz und umarmt die Trollmutter. "Soll ich dich auch in die Arme nehmen, Papa?" fragt das kleinste Trollmädchen. "Fest oder sanft?" "Gaaaaanz sanft", murmelt der Trollvater gerührt und strahlt.

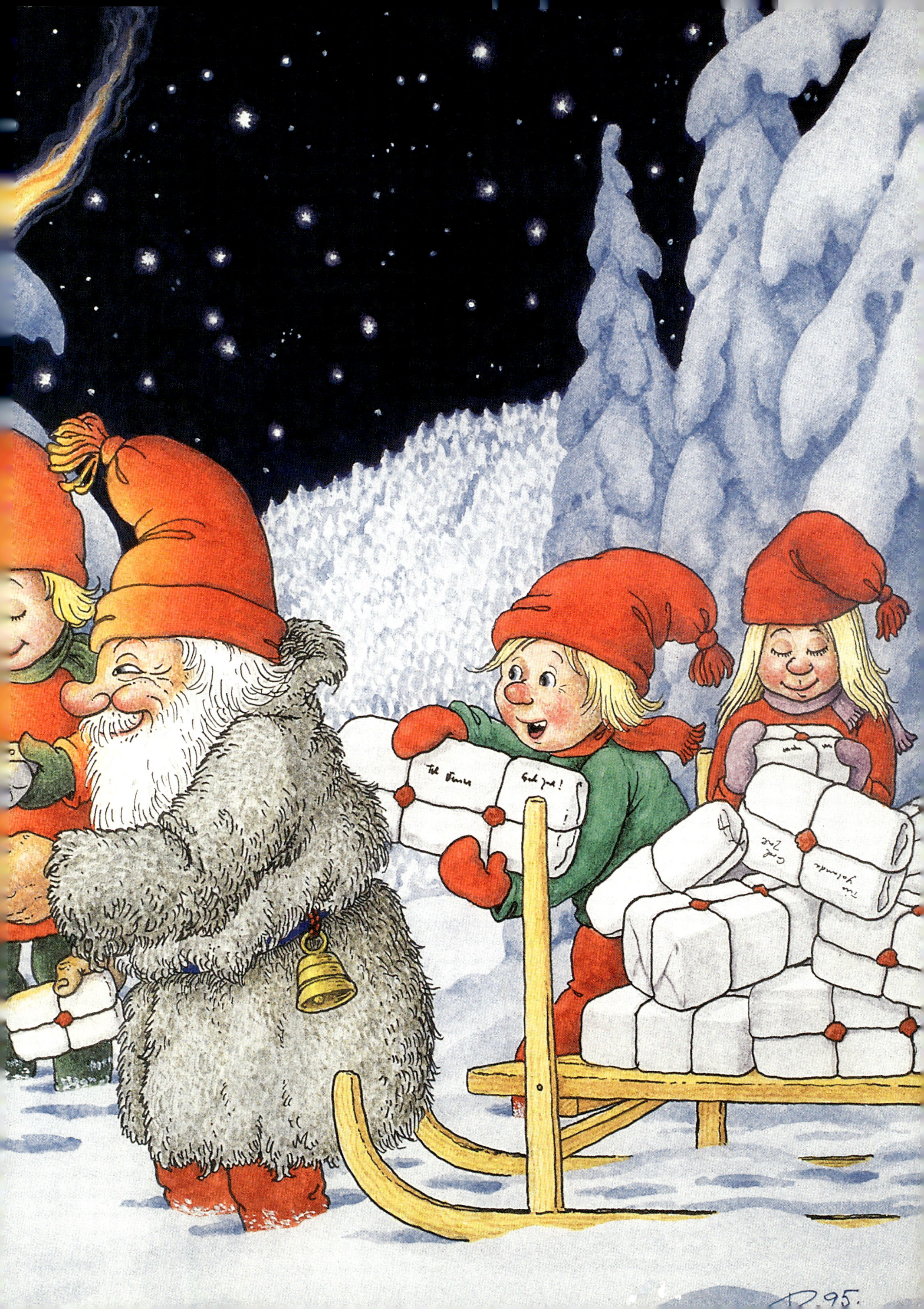
God Jul
Til yolanda

Dieses Buch gehört

Céline

Ich habe es bekommen von *meinem*
Pëtter Paul am 31.7.98

Rolf Lidberg

Nur wenige können Trolle zeichnen wie Rolf Lidberg. Seine Zeichnungen werden von Touristen aus aller Welt gesammelt. Rolf Lidbergs Erfolg liegt in seinem Verhältnis zur Natur. Als Botaniker und Abenteurer zeigt er uns die Trolle in ihrer natürlichen Umgebung.